EL SEÑOR SOL
y EL SEÑOR MAR

LEYENDA AFRICANA NARRADA POR
ANDREA BUTLER
ILUSTRADA POR LILY TOY HONG

TRADUCIDA POR ALMA FLOR ADA

Good YearBooks

Hace mucho, muchísimo tiempo
el señor Sol vivía
junto al señor Mar.

El señor Sol visitaba al señor Mar
todos los días. Pero el señor Mar
nunca visitaba al señor Sol.

Un día, el señor Sol le preguntó:
—¿Por qué nunca me visitas?

—Tengo demasiados hijos
—dijo el señor Mar.

—Mi casa es muy grande
—dijo el señor Sol. Tengo sitio
para todos. Por favor vengan.

Al día siguiente el señor Mar y sus
hijos tocaron a la puerta del
señor Sol.

—¿Podemos pasar? —preguntó el
señor Mar.
—Sí, sí —dijo el señor Sol.

El señor Sol abrió la puerta.
Y la estrella de mar, el langostino
y un poco de agua de mar entraron.

El agua le llegaba a las rodillas
al señor Sol. Subía y subía.

Los peces grandes, los pececitos
y más agua de mar entraron.

El agua le llegaba al pecho al
señor Sol. Subía y subía.

Los cangrejos, las algas marinas
y más agua de mar entraron.

El agua le llegaba al cuello
al señor Sol. Subía y subía.

El señor Sol se trepó al techo.
Pronto el agua de mar subió hasta
el techo.

Así que el señor Sol saltó muy, muy,
pero muy alto hasta el cielo y nunca,
nunca ha bajado. Allí sigue
hasta el día de hoy.

16